Menú de amor

Nicolas Barreau

Menú de amor

Traducción de
Marta Mabres Vicens

Título original: *Menu d'amour*
Primera edición: mayo de 2018

© 2013 Nicolas Barreau
© 2013 Thiele Verlag in der Thiele & Brandstätten
Todos los derechos reservados y controlados a través de Thiele Verlag, Múnich
© 2018, Penguin Random House Grupo Editorial, S. A. U.
Travessera de Gràcia, 47-49. 08021 Barcelona
© 2018, Marta Mabres Vicens, por la traducción

Printed in Spain – Impreso en España

ISBN: 978-84-9129-267-8
Depósito legal: B-2914-2018

Impreso en Limpergraf,
Barberà del Vallès (Barcelona)

SL 9 2 6 7 8

Penguin
Random House
Grupo Editorial

Cuando ya seas vieja y canosa, y con sueño
des cabezadas junto al fuego, coge este libro
y léelo soñando con la mirada suave
que tuvieron tus ojos, y con sus hondas sombras.

WILLIAM BUTLER YEATS[*]

---

[*] Traducción de Antonio Rivero Taravillo en *Poesía reunida* de William Butler Yeats, Valencia, Pre-Textos, 2010, p. 157.

À table, les amoureux!

Tras el impresionante éxito de mi novela *La sonrisa de las mujeres,* en la que la bella Aurélie preparaba un *menu d'amour* para conquistar al hombre de sus sueños, me han preguntado a menudo si existe una relación especial entre la comida y el amor. Por supuesto, sí existe, pues ambas cosas resultan tremendamente irresistibles. A muchos de mis lectores, tanto hombres como mujeres, les interesaba saber si me gusta cocinar y si tengo más recetas. La respuesta a ambas preguntas es que sí. Los mejores platos de mi recetario personal son clásicos de la cocina francesa, pero sobre todo son una cosa: recuerdos de veladas fabulosas, románticas y perdurables que me gusta evocar.

Así pues, en este libro voy a revelarles mis ocho menús favoritos. Recetas para enamorados, para seducir, menús deliciosos para ocasiones especiales... Además, a modo de particular saludo desde la cocina, les precede una historia que desvela el secreto del *menu d'amour,* aquel menú que en su día el padre de Aurélie legó a su hija.

Lean, sorpréndanse, sonrían, cocinen y disfruten de la comida y del amor.

Con afecto,
Nicolas Barreau

Menú d'amour

Una historia de amor

1

*S*egún los cálculos de Georges aquel era uno de los inviernos más oscuros desde la guerra. Las sombras deambulaban por las calles de París y la gente anhelaba la luz con el mismo ardor con el que un joven ansía estar en los brazos de su amada. En el cine se proyectaba *Los paraguas de Cherburgo*, los Beatles habían cantado *She loves you* en el Olympia y yo me había enamorado perdidamente de una muchacha que para mí era tan inalcanzable como la luna.

Por aquel entonces yo cursaba mi segundo semestre de literatura y, desengañado, había decidido convertirme en el nuevo William Butler Yeats, cuyos versos encendidos ensalzando a su adorada habían inmortalizado su amor, no correspondido, por Maud Gonne. Una tarde lluviosa, rebuscando entre los puestos de los buquinistas apostados en la orilla del Sena, tropecé con algo que daría al traste con mi fabuloso devenir literario. A resultas de aquello tuvo lugar un acontecimiento peculiar y maravilloso; un suceso que, de pura felicidad, me transportó a la luna antes de que el primer astronauta pusiera un pie en ella. Nunca he contado lo que realmente ocurrió esa noche, aquella noche memorable en que preparé el *menu d'amour* por primera vez y que se remonta ya a muchos años atrás. La única conocedora de la verdad fue la gata de mi compañero de piso, Georges. Pero ella, como es natural, no hablaba, por lo que ese secreto exquisito se mantuvo a buen recaudo en mi corazón. Al final, no me convertí en William Butler Yeats. A Dios gracias.

Mi Maud Gonne se llamaba Valérie Castel. Tenía el cabello rubio, los ojos azules y brillantes, e iluminaba un lugar en cuanto entraba en él. Su boca parecía estar siempre dispuesta a sonreír; era ocurrente, le gustaba bromear y ciertamente no pasaba desapercibida; pero había también otro motivo que impedía pasarla por alto. Valérie Castel era la persona más impuntual que he conocido. Siempre llegaba tarde. A todas las clases. A todos los seminarios. Y por eso precisamente reparé en ella. Porque llegaba tarde.

2

El profesor Jean-Louis Caspari estaba en su salsa. Llevaba ya veinte minutos esforzándose por explicar a sus estudiantes de literatura francesa el periodo entre el romanticismo y el realismo con gestos vehementes y frases grandilocuentes sin esperar otra cosa más que se quedaran con tres frases de su lección. «Con que recuerden tres frases, me doy por satisfecho», decía a menudo. En el preciso instante en que se disponía a adentrarse en uno de sus poemas preferidos de Baudelaire, la puerta se abrió súbitamente y entró en el aula una estudiante con un abrigo de lana de color azul claro y gorro a juego y las mejillas sofocadas. Tras esbozar una sonrisa de disculpa, la muchacha se dispuso a atravesar el pasillo lateral para sentarse en una de las filas de asientos, cuando Jean-Louis Caspari interrumpió la lección y bajó del pequeño estrado que ocupaba. El profesor, ya entrado en años, tenía fama de disfrutar poniendo en evidencia a los estudiantes impuntuales. Con una agilidad sorprendente para su corpulencia, el hombre cruzó rápidamente el aula y se plantó ante la rezagada.

—Qué detalle por su parte acudir a mi clase, ¿señorita…? —exclamó arqueando las cejas en actitud inquisitiva.

—Señorita Castel. Valérie Castel —respondió ella. Así fue como yo, igual que los demás estudiantes, supe su nombre.

—Muy bien, señorita Castel. —El profesor Caspari le alargó la mano, que ella tomó con cierta vacilación—. Sea usted bienvenida a nuestra clase —dijo él mientras señalaba con la mano a los, aproximadamente, ciento cincuenta alumnos que seguíamos sonrientes la conversación que tenía lugar fuera del estrado—. El caso es que, lamentablemente, mi clase empezó... —Se sacó del pantalón un reloj de bolsillo de plata—. Hace ya veinticinco minutos. Espero que eso no le moleste, ¿verdad?

Valérie Castel se sonrojó y dirigió una sonrisa encantadora al profesor.

—Por supuesto que no, profesor —respondió con una voz clara que se oyó hasta en la última fila—. Si a usted no le molesta, a mí tampoco.

Yo advertí una levísima contracción en la comisura de los labios de ella.

Los estudiantes intercambiaron codazos y cuchicheos. Aunque la respuesta parecía bastante descarada, la naturalidad utilizada era tan cautivadora que resultaba difícil saber a qué atenerse.

El profesor Caspari tenía suficiente sentido del humor como para apreciar una respuesta ingeniosa. Además, aunque los ojos, que centelleaban detrás de los cristales redondos de las gafas, se le habían debilitado con los años, su vista aún le bastaba para apreciar la belleza en cuanto la veía. Posó un momento la mirada en la transgresora, que entretanto se había quitado el gorro azul y lo hacía girar entre las manos con gesto indeciso.

—Si dejamos de lado que me irrita un poco que la puerta se abra durante mis clases, seguramente a mí me molesta menos que a usted, *mademoiselle*. Porque yo, a diferencia de usted, ya me sé el contenido de mi lección.

Valérie asintió compungida y pareció sentirse obligada a exponer una explicación aventurada protagonizada por un pobre gatito, un árbol demasiado alto, un policía solícito y ella misma.

—En realidad, no tengo por costumbre llegar tarde —aseguró de forma cándida—. No volverá a ocurrir.

3

No voy a decir que ella lo hiciera adrede, pero lo cierto es que, a pesar de sus afirmaciones, al cabo de unas semanas todos en nuestro curso sabíamos que Valérie Castel, simplemente, era incapaz de ser puntual. Sin embargo, por raro que parezca, nadie se enojaba con ella por eso. Al revés, cuando al cabo de cinco, diez o veinte minutos del inicio de la clase la puerta se abría y la chica del abrigo azul entraba en el aula como una exhalación, todo el mundo aguardaba con curiosidad a oír la excusa que había preparado.

Incluso los catedráticos y los profesores más estrictos escuchaban con las cejas enarcadas y disimulando la risa las originales historias que la señorita Castel contaba para deleite de todos, ya que, dejando de lado su carácter impuntual, las intervenciones inteligentes y animadas de Valérie enriquecían cualquier asignatura.

Sea como fuere, yo me había enamorado perdidamente de aquella rezagada tan popular. Para mí era evidente que ella tenía algo especial, algo quizá demasiado especial para un estudiante tan normal y tan corriente como yo. Estaba convencido de que una chica como Valérie tenía que estar comprometida; aun así, me acostumbré a ocupar siempre el asiento que había a mi lado con la cartera, el abrigo o con papeles, con la vana esperanza de que alguna vez ella se sentara junto a mí.

En la quinta ocasión tuve suerte. Valérie llegó tarde, contó su historia y miró a su alrededor buscando asiento. Yo levanté la mano y le señalé el lugar a mi lado; ella, aliviada, se dejó caer con un suspiro y me saludó amigablemente con la cabeza. Su repentina cercanía hizo que el corazón me latiera con fuerza;

miré encandilado cómo se inclinaba hacia delante y un rayo de sol se le enredaba en el pelo. Por unos segundos, me vi arrastrado a una órbita de diminutas partículas doradas que bailaban por el aire donde solo estábamos ella y yo. Sin embargo, al instante siguiente, la realidad se impuso de nuevo, en la forma de un estudiante bien parecido llamado Christian que, desde el otro lado, susurró algo al oído de Valérie que la hizo reír. En cualquier caso, cuando terminó la clase me preguntó si querría ir a tomar café con ella y con un par de compañeras suyas.

Naturalmente, dije que sí.

A partir de entonces se estableció la costumbre de que yo siempre le guardaba un sitio y ella se sentaba a mi lado.

En esas preciadas horas en las que los demás debatían sobre las novelas de Zola y *Las flores del mal,* de Baudelaire, yo me dedicaba a estudiar con disimulo el perfil delicado y las cejas marcadas de la muchacha. Descubrí un lunar diminuto que tenía en la base del cuello y me sentí como un intruso. Contemplé sus manos, blancas y menudas, y reparé con cierto disgusto en un rubí antiguo que llevaba siempre en el anular. En una ocasión, después de clase, le pregunté con el tono más despreocupado del que fui capaz:

—Bonito anillo, ¿es de tu abuela?

Ella sonrió meditabunda y respondió:

—Sí, es bonito, ¿verdad? Me lo regaló la madre de Paul.

—¿Y quién es Paul? —pregunté sin más y sin el desenfado que me habría gustado.

Valérie metió los apuntes en su carpeta de cuero y me dirigió una mirada burlona.

—Vaya, vaya, ¿eso que oigo son celos? No seas tan curioso, Henri Bredin. Anda, vamos, que los demás esperan. Queríamos ir al café Procope.

Agarré mi cartera y me apresuré a salir tras ella.

—¿Quién es Paul? —insistí, esforzándome por adoptar también el tono bromista que ella había empleado—. ¿Un galán secreto, tal vez?

Ella puso los ojos en blanco con un gesto de desesperación fingida, me agarró del brazo y se echó a reír.

—Es mi primo favorito, ¿contento? Y ahora, vamos.

Aunque no me creí ni una sola palabra, disfruté del gesto impaciente, pero natural, con el que me arrastró hacia la salida, donde los demás esperaban.

4

En las semanas que siguieron vi muy a menudo a Valérie Castel. Coincidíamos en varias clases y seminarios y, además, nos encontrábamos en la cantina de la facultad o en alguna de las cafeterías que había cerca de la Sorbona, donde pasábamos juntos las horas bebiendo, fumando, riendo y debatiendo con los demás. He dicho juntos, pero, en realidad, eso sucedía solo en mi cabeza. La verdad era que estar a solas con Valérie Castel resultaba difícil, casi imposible, porque estaba siempre rodeada de una cohorte de amigas y de compañeros de estudios a los que ella repartía sus favores por igual. Sin embargo, a pesar de tener que compartirla con otros, yo perseveraba cerca de ella. Averigüé que Valérie pasaba a menudo tardes enteras en la vieja biblioteca de la universidad. Ahí, en el silencio de la sala de lectura, con sus numerosas lámparas de mesa, podía encontrarla a solas con relativa frecuencia. Se sentaba a una mesa cerca de las ventanas altas y antiguas detrás de las cuales se agolpaban los grises nubarrones de marzo, completamente enfrascada en su libro. En esas ocasiones, cuando al levantar la vista por un instante me veía con las mejillas ruborizadas y me saludaba ensimismada con un ademán de la cabeza, no demostraba el menor atisbo de sarcasmo. Yo me sentaba delante de ella y fingía leer. Y así nos quedábamos sentados, leyendo, los dos en perfecta comunión.

En una ocasión, me sorprendió con la mirada clavada en sus labios, que tenía fruncidos con gesto reflexivo; no había logrado apartarla a tiempo.

—¡¿Qué pasa?! —exclamó cerrando el libro con fuerza.

—¡Nada! —respondí asustado. Varios estudiantes levantaron la vista de sus libros y la bibliotecaria nos dirigió un «Chisss» desde su sitio.

Valérie se sonrojó, garabateó algo en un papel y me lo pasó por encima de la mesa.

«¿Qué miras, idiota?», leí. «¡Para de una vez!».

Me ruboricé. ¿Cómo dejar de hacerlo? ¿Cómo no mirar a Valérie Castel? No podía hacer tal cosa.

«No te miraba, miraba el libro», le escribí. «Quería saber qué estabas leyendo. ¿Satisfecha?».

Ella se reclinó en su asiento con una sonrisa y enarcó sus hermosas cejas con un gesto escéptico.

«Está bien. Vamos a tomar un café. Así te lo explico».

Salimos sigilosamente de la sala de lectura; minutos más tarde bajábamos tranquilamente la escalera del antiguo edificio de la universidad, cuya imponente cúpula se elevaba contra el cielo grisáceo. Un joven serio de cabello rizado y oscuro y chaqueta de pana marrón gastada y una muchacha de boca grande y sonriente tocada con una divertida boina bajo la que se desparramaba con ímpetu su cabellera dorada. En una fotografía, habríamos pasado por ser una pareja envidiablemente feliz. Pero ningún fotógrafo capturó aquel momento. Y el momento, irremediablemente, pasó…

5

Esa tarde *Madame Bovary* se empeñó en acompañarnos de forma insistente. Con todos mis respetos hacia el señor Flaubert, he de admitir que, después de que Valérie se explayara durante unas dos horas entusiasmada por aquella novela tan «absolutamente genial» (en esa época «absolutamente» era una de sus palabras favoritas), ese hombre empezó a crisparme los nervios. Extrañamente aturdido, atendí al monólogo, casi obsesivo, de Valérie, asintiendo de vez en cuando e incapaz de expresar mis propios e insignificantes sentimientos ante aquella gran obra de la literatura mundial.

Cuando ella calló por fin y yo me disponía a cambiar el rumbo de la conversación para centrarla menos en adúlteras exageradamente desdichadas y más en nosotros, apareció Christian que, con sus bromas estúpidas habituales, tomó las riendas de la conversación exclamando: «¡Ajá! Así que aquí es donde os escondíais… Espero que Henri no te esté aburriendo demasiado». Se sentó en el banco justo al lado de Valérie con gesto desenvuelto. Al cabo de un rato, asomaron Camille, que era una muchacha muy tímida, y Marie-Claire, la pelirroja. Al final, incluso Georges, que era mi barbudo compañero de piso en la desvencijada buhardilla de la rue Mouffetard, se apretujó con nosotros en torno al tablero desgastado de la mesa. La cuadrilla volvía a estar al completo.

Georges Bresson, que cursaba el quinto semestre de Meteorología, era un tipo afable, pesaba casi noventa kilos y tenía un aspecto tan sólido como una roca en medio del mar. Tenía una novia en la Alta Normandía, a la que visitaba de vez en cuando los fines de semana, y una gata negra, de nombre Coquine, que deambulaba de un lado a otro entre nuestros dormitorios. Algunas noches yo preparaba la cena para Georges y para mí; en esas ocasiones, Coquine se sentaba sobre el aparador y me miraba con sumo interés. La cocina, minúscula, estaba atestada de estanterías y armarios disparejos y, por más que se quisiera, no tenía sitio para una mesa. Carecía de nevera y en invierno colgábamos los alimentos perecederos en una bolsa por la manilla del ventanuco del tejado con el fin de mantenerlos refrigerados. Con todo, para mi gozo, la cocina estaba equipada con un viejo fogón de gas con cuya llama, que a menudo se levantaba descontrolada, me quemé los dedos en bastantes ocasiones. Cocinar siempre ha sido mi pasión; en una de aquellas agradables veladas, tras preparar un asado de cordero con lavanda y aceitunas negras de aroma exquisito que habíamos comido en la mesa de mi dormitorio, Georges se dio una palmadita de satisfacción en la barriga y se brindó a propinarle una bofetada al impertinente de Christian si seguía molestándome.

—No hace falta —le aseguré, sirviéndome un poco más del tinto barato que Georges había comprado en la tienda de comida preparada que había al lado de casa.

—¿Qué hay entre tú y Valérie?

Tomé un sorbo y me di cuenta de que no tenía ganas de hablar de Valérie con nadie, ni siquiera con Georges.

—¿Qué va a haber? —repuse en tono evasivo—. Vamos al mismo curso. Me cae bien. Somos buenos amigos.

Georges se quedó mirándome sin decir nada.

—Te cae bien —comentó al fin sonriendo por debajo de la barba—. ¿Y por qué no la invitas alguna vez a comer? Seguro que tus artes culinarias la entusiasmarían.

—¿En esta ruina de sitio? Eso nunca —contesté, mientras me disponía a recoger los platos—. Y no creo que se entusiasmara tanto. Además, tiene a otro. Bueno, eso creo…

—Siempre hay otro —aseveró Georges—. No abandones.

6

Esperanzado con la idea de que mi momento aún estaba por llegar, pasé a convertirme en el caballero fiel de Valérie Castel, como esos héroes audaces de Chrétien de Troyes de los que habíamos oído hablar en clase. El año 1964 no ofrecía muchas oportunidades de aventuras o gestas, ni se celebraban justas que me permitieran disputar los favores de Valérie; aun así, yo le rendí vasallaje amoroso. Invitaba a Valérie al cine a sabiendas de que se haría acompañar por su amiga Camille. La ayudaba a preparar sus exposiciones orales; le eché una mano cuando hubo que pintar la habitación estudiantil del

Barrio Latino a la que se mudó cuando la anterior pasó a formar parte del consultorio de un dentista. Acarreé libros, muebles y botes de pintura hasta el quinto piso y, por primera vez en la vida, tuve un ataque de lumbago. Me pasé una tarde revolviendo los cubos de basura del patio trasero de la rue Dauphine porque Valérie estaba absolutamente convencida de haber arrojado ahí por descuido un billete de cien francos. Luego lo encontramos detrás de la panera. Agotados, nos dejamos caer en su viejo sofá entre risas. Valérie me olfateó y me dijo que olía como un vagabundo. Y también estuve a su lado aquel día en que salió de una cabina de teléfonos totalmente consternada y con lágrimas en los ojos tras saber que Foufou, su viejo perro, que estaba en la casa de sus padres en Burdeos, había muerto atropellado por un automóvil.

Esa lluviosa tarde de mayo no fuimos al cine con los demás, que era lo que teníamos previsto. Valérie estaba demasiado triste y afectada; lloraba y yo me apresuré a llevarla a una pequeña cafetería no muy lejos del bulevar Saint-Germain, dichoso de poder consolarla. Escuché con paciencia anécdotas entrecortadas sobre un cocker spaniel beis que yo no conocía de nada, le presté mi pañuelo a la afligida y le apreté la mano una y otra vez en señal de compasión.

—Oh, ¿sabes, Henri? —dijo ella por fin mirándome llorosa con unos ojos que el dolor había teñido con el tono más oscuro de las aguamarinas—. De verdad eres un encanto.

—¡Ah, Valérie! —musité sin saber cómo interpretar ese «encanto». No supe entender si solo quería decir eso o si implicaba algo más. De todos modos, me daba igual porque el amor se desbordaba en mi corazón.

En la calle había oscurecido. Tal vez ese hubiera podido ser el momento decisivo. Sin embargo, lo dejé pasar, como tantas veces en la vida uno permite que se escapen ocasiones sin darse cuenta de ello en ese instante.

La intimidad de aquella tarde, debida principalmente a la muerte de un cocker spaniel, solo se repetiría en otra ocasión. Tras una primavera demasiado fría, que se había despedido con un último y copioso chubasco, de pronto el verano llegó a París. Uno de los últimos días de aquel semestre me encontré en un banco de los Jardines de Luxemburgo sentado junto a Valérie, que llevaba un vestido azul sin mangas y me leía en voz alta un libro que había encontrado en los buquinistas. *El gran Meaulnes,* de Alain Fournier. Valérie estaba entusiasmada por la belleza del lenguaje y por la historia del impetuoso Augustin, que parte con su compañero en busca del «país perdido», un lugar misterioso donde él había conocido a la cautivadora Yvonne de Galais en extrañas circunstancias y que los dos amigos no saben hallar en los mapas.

—Absolutamente. Es mi libro favorito —me aseguró. Sus ojos eran como estanques en los que se reflejaba el cielo—. Tienes que leerlo, sin falta —dijo al despedirnos mientras, con un gesto espontáneo, me entregaba el libro—. Prométemelo.

Se lo prometí; acto seguido, de repente, se me arrojó a los brazos. Yo hundí la cara en su cabello perfumado y la abracé un poco más de tiempo y con algo más de fuerza de lo normal. En cuanto nos soltamos, algo turbados, ella me miró con los ojos muy abiertos y yo le dije:

—Prometido.

Sonó como si le estuviera prometiendo otra cosa.

Días después empezaron las vacaciones de verano y Valérie Castel se marchó con sus padres a la Riviera italiana. Yo leí el libro, lo devoré en dos días y me propuse hacerlo mejor que el desdichado Meaulnes.

7

Lo noté en cuanto ella se apeó del tren. Algo había cambiado. La turbación con que me saludó y aceptó el pequeño ramo de flores que yo le había comprado casaba tan poco con Valérie Castel como el ridículo fular que llevaba. Agarré la gran bolsa de viaje de cuero y avancé junto a ella con el corazón agitado por el andén de la Gare de Lyon, la estación a la que llegaban todos los trenes procedentes del sur. El sol se reflejaba en las vías, el aire aún conservaba el calor del verano; sin embargo, la enorme alegría de volver a ver a Valérie por fin, por fin, después de tres largos meses, dio paso a una extraña aprensión.

—Por cierto, es curioso, ¿sabes que tu libro favorito ahora es también el mío? —comenté en un intento por disimular el azoramiento que se había instalado entre nosotros.

—Vaya. ¡Qué cosas! —respondió con vaguedad—. Gracias por estas bonitas flores.

Tenía el cabello más claro y su piel presentaba un delicado tono moreno y veraniego.

—¿Te lo has pasado bien en la Riviera? —pregunté—. Estás muy guapa.

Ella asintió. A continuación, de pronto, se detuvo.

—¿Tomamos algo? Tengo muchísima sed.

—Vale.

Subimos la escalera que llevaba al Train Bleu. El antiguo restaurante de la estación, con sus palmeras pintadas y sus imágenes de las costas del sur, se elevaba como una promesa sobre las vías.

Valérie se sentó en un rincón junto a una ventana. En la pared que había detrás de ella se alzaba, entre flores modernistas doradas, una dama decimonónica, ataviada con un vestido blanco largo y con una sombrerera redonda en las manos. En cuanto el camarero nos hubo servido las bebidas, Valérie agarró el vaso de limonada con tanta fuerza que me inquieté.

—Valérie —le dije—, ¿qué ocurre?

Ella me miró y sus ojos volvieron a brillar con ese tono de aguamarina oscura.

—Tengo que contarte una cosa —respondió.

—Ah, ¿sí? —De pronto me noté la boca totalmente seca.

—He conocido a alguien. —Algo le brilló en los ojos, pero ella se lo apartó rápidamente antes de cogerme la mano—. Oh, Henri. Yo… Lo siento mucho. Por favor, no perdamos la amistad.

Me quedé inmóvil, como alcanzado por un rayo, intentando en vano entender el significado de esas palabras; tuve la sensación de que en mi interior el corazón arremetía contra el estómago con unos golpes sordos.

Valérie, desolada, bajó la cabeza y miró a un lado. El fular se le había corrido y entonces la vi: una delatora mancha azulada en el cuello que ella, por compasión, había querido ocultarme.

—Pero... ¿y Paul? Pensaba que... —farfullé con torpeza.

—Paul es mi primo. Ya te lo dije.

—Y ¿quién...?

La miré detenidamente y enmudecí. Era incapaz de articular una frase completa porque en mi cabeza una voz atronaba con fuerza una y otra vez gritando: «¡Idiota!».

8

Las semanas que siguieron fueron un infierno; a su lado, Sartre habría sido un chiste. Me pasaba el día debatiéndome entre reproches despiadados contra mí mismo y unos celos tremendos. Había llegado tarde. Demasiado tarde. Esas palabras eran como una bofetada para mí. Con crueldad masoquista dejé que Valérie me lo contara todo y fingí alegrarme por ella mientras mi corazón se desangraba.

Se llamaba Alessandro di Forza, era italiano y diez años mayor que yo; tenía una barca muy blanca y una sonrisa atrevida. Su familia era la propietaria de uno de los grandes hoteles de moda de la Riviera. Era un empresario astuto. Un galán por naturaleza. Un buen partido. En resumen: todo lo que yo no era.

No tenía ni la más remota posibilidad y eso me volvía loco. Durante horas recorrí la orilla del Sena buscando el modo de asimilar que había perdido a la chica a la que habría amado como a ninguna otra.

Decidí borrar a Valérie Castel de mi vida. No quería, no podía, verla más. En las semanas siguientes la evité. Si ella llegaba tarde a clase, yo miraba a otro lado. En cuanto el profesor Caspari pronunciaba su última frase yo salía a toda prisa del aula; cambiaba de dirección en cuanto la veía llegar y me mantenía alejado de las cafeterías que ella frecuentaba con los demás. Me convencí de que eso era lo mejor para mí. Echaba tanto de menos a la chica de ojos de color de aguamarina que apenas podía hacer nada.

Fue precisamente la tímida Camille la que me salió al encuentro un día a la salida de la universidad, en la rue Victor Cousin. Sacudiendo su cabello negro, que llevaba cortado a lo paje, me dirigió una mirada de reproche con sus ojos oscuros.

—¿Qué significa esto, Henri? ¿Por qué estás tan esquivo? Nos sabe muy mal a todos que ya no quieras hacer nada con nosotros.

—Sí, bueno —contesté sin más. Agarré las correas de mi bandolera—. Yo también lo lamento.

Camille me posó la mano en el brazo.

—Y Valérie también —añadió con intención.

—Ah, ¿sí? —repliqué apretando las mandíbulas—. ¿Y por qué no me lo dice ella misma?

Camille no me contestó.

—Siempre habéis sido buenos amigos —comentó entonces.

—Bueno, las cosas cambian. Es así de fácil. —Aparté el brazo, pero eso no desalentó a la tierna Camille.

—No. No es tan fácil —objetó ella caminando unos pasos junto a mí—. Estás cometiendo un error, Henri.

9

¿Estaba cometiendo un error? Las palabras de Camille hicieron mella en mí y, después de porfiar conmigo mismo durante unos días, tuve que admitir que ella tenía razón. Me estaba comportando como un crío ofendido. Además, ¿acaso no era mejor ver a Valérie que no verla? A fin de cuentas, para mí ella era algo más que un cuerpo deseado y unos ojos hermosos. La quería por aquellas excusas suyas imposibles que nadie creía. Adoraba su insufrible obsesión por los detalles cuando hablaba de libros, incluso cuando los demás le gritaban: «¡No nos arruines la sorpresa, Valérie! ¡Queremos leerlo nosotros!». Me encantaba el modo en que se colocaba su boina, con un deje de vanidad que me enternecía, y cómo echaba tres cucharadas de azúcar a su *café crème* para luego olvidarse siempre de removerlo. Estaba prendado de su modo despreocupado de cantar *Milord,* y eso que sonaba fatal, pues era incapaz de acertar con una sola nota. Reverenciaba aquella mota diminuta de color marrón que tenía en el ojo izquierdo, que solo me pertenecía a mí y en la que ese Alessandro, tan absorbente, jamás en la vida repararía. Después de todo, éramos Valérie y yo quienes compartíamos un libro favorito y, por lo tanto, estábamos unidos no solo por amor o amistad.

Tumbado en la cama contemplaba el techo e incluso inventé una palabra para describir la relación especial que me unía a Valérie. *Amourté.* Amoristad. Una combinación de amor, *amour,* y amistad, *amitié.* Aquel era, para mí, el sentimiento más importante. Sin embargo, de pronto caí en la cuenta de que yo, aun con mi fabulosa *amourté,* me había catapultado al ostracismo.

«Todo el que sale, luego tiene que volver a entrar», exclamaba mi padre —fallecido en los últimos días de la guerra de Argelia por el disparo fortuito de un compañero— cuando yo, con trece años, cerraba airado la puerta con un portazo. Recordé esas palabras, tan ciertas. ¿Cómo volver a entrar después de aquellas semanas? No había nada que quisiera más que volver a abrir la puerta que yo mismo había cerrado.

Aún era temprano por la mañana cuando me acerqué a la ventana y, sin acabar de decidirme, contemplé los árboles en cuyas ramas las hojas colgaban como papeles secantes de colores. Me dirigí entonces a mi estantería de libros, saqué *El gran Meaulnes* y me puse en camino con paso resuelto.

La clase acababa de empezar cuando oí sus pasos apresurados. Valérie bajaba a toda prisa la escalera, pero al verme apoyado junto a la puerta del aula se detuvo sorprendida.

—*Salut*, Henri. ¿Cómo es que no has entrado? —preguntó turbada.

—*Salut,* Valérie. Te esperaba —respondí con no menos turbación. ¡Qué bueno era poder volver a pronunciar su nombre por fin!—. Toma —añadí, sacando el libro de mi bandolera—. Quería devolverte esto.

Ella me miró vacilante. Yo buscaba la diminuta mota marrón de su ojo.

—Te lo puedes quedar, si quieres.

—Creía que era tu libro favorito. —Al instante, me asaltó la duda—. ¿Acaso ya no significa nada para ti?

—Pues claro —respondió—. Es importante para mí. Por eso me gustaría que te lo quedaras, tontito.

—Gracias —contesté, avergonzado.

Nos quedamos un rato en silencio, mirándonos; luego, de pronto, ella sonrió y me tendió la mano.

—¿Amigos de nuevo?

Yo le tomé la mano, inspiré profundamente y me sentí envuelto en un alivio infinito.

Aquella mañana Valérie Castel no llegó tarde a la clase del profesor Caspari. Simplemente, no acudió. La pasó dando vueltas con un estudiante tontorrón que se contentaba con poder pasear con ella por los Jardines de Luxemburgo.

10

Tal vez la magnanimidad excepcional tiene recompensa en el cielo o, tal vez, no fuera más que una de aquellas casualidades que solo cobran todo su sentido con el paso del tiempo. Sea como fuere, una semana después di con algo que me hizo olvidar de un plumazo todos los pensamientos elevados sobre mi nuevo estado de *amourté*. Me encontraba curioseando en las cajas de madera en que los buquinistas de la orilla del Sena presentan sus tesoros, cuando me llamó la atención un pequeño libro de tapas de cuero de color sangre de toro titulado *Les Elixirs de la Mort et de l'Amour*, esto es, los elixires de la muerte y del amor. Las letras doradas de las tapas estaban algo descoloridas y se leían con dificultad. Intrigado, hojeé las páginas amarillentas, que obviamente contenían recetas infalibles para librarse de personajes molestos. Era una copia de la obra de un famoso boticario italiano que, al parecer, había estado muy solicitado en la corte de Enrique IV de Francia para rociar con polvos invisibles los camisones de encaje y desfigurar para siempre a las cortesanas influyentes, o bien, mediante brebajes deliciosos, para provocar en príncipes ávidos de poder unas fiebres altas que terminaban en una enajenación irremediable.

Había incluso una receta para acabar con la *potentia coeundi* de un rival molesto. Sonreí malévolamente y pensé en el gigoló de Valérie en la Riviera, el cual, aunque no aparecía en nuestras charlas, acechaba siempre en segundo plano, como una sombra. Habría sido un placer para mí poder arrebatar a Alessandro di Forza con unas hierbas aquello en lo que él me llevaba ventaja.

—¿Le interesa el libro, *monsieur?*

El anciano buquinista se inclinó detrás de su puesto, dirigiéndome una mirada astuta con sus ojos marrones.

—¡Oh, sí! —respondí de corazón—. Es un libro extraordinariamente útil. Lástima que los tiempos en que a los rivales se les podía envenenar sin más ya hayan pasado.

El anciano dejó oír una risa burlona y se me acercó rápidamente. Apenas me llegaba al hombro.

—Le dejo esta rareza por treinta francos. —Agarró el opúsculo y lo hojeó buscando algo en concreto—. Fíjese, aquí. Hay incluso una pócima amorosa.

Soltó una risita.

Seguí con la vista su dedo alargado, acabado en una uña amarillenta, que golpeaba sobre una página manchada. *L'elixir d'amour éternelle.*

—El elixir del amor eterno —repetí pasmado.

—Sé de alguien que lo probó —graznó el hombrecillo en mi oído. A cada segundo me recordaba más a uno de esos seres extraños de las novelas cortas de E. T. A. Hoffmann—. Y funcionó —murmuró en tono conspirador.

Yo me eché a reír, incrédulo.

—Sería la primera vez desde Tristán e Isolda que algo así funciona.

—Compre el libro, joven. Cómprelo y ese pichoncito será suyo.

Cerró el librito rojo, me lo entregó y posó su mano arrugada sobre la mía.

—Veinte francos. Mi última oferta. No lo lamentará, caballero, créame. Este libro le estaba esperando.

Sus ojos oscuros se clavaron en los míos. Yo, sin querer, di un paso atrás.

—¡No lo lamentará! —me gritó cuando, un instante después, se metía en el bolsillo los veinte francos que, contra toda razón, habían cambiado de mano.

11

Quien en su vida haya estado alguna vez enamorado sin remedio sabe que en ese estado afloran en la cabeza ocurrencias de lo más extrañas cuando se cree que de ese modo será posible alcanzar el objetivo. Los hay que se comen fotografías de la persona amada o que, en las noches de luna llena, entierran en un cruce de caminos un mechón de pelo obtenido de forma subrepticia. Comparado con eso, probar suerte con un *menu d'amour* no era una opción descabellada. De hecho, a algunos alimentos y especias, como los granos de granada, los espárragos, el azafrán o el curry, se les había descubierto un poder afrodisiaco. Con todo, admito que al principio examiné la receta del elixir amoroso con gran recelo, pues constaba de ingredientes desconocidos para mí, como la *Rumex acetosa,* la *Mandragora officinarum* o la *Myristica fragrans.* Según el escritor italiano, aquella mezcla secreta —diluida en agua de rosas destilada y vino tinto y mezclada con el plato principal poco antes de servirlo— provocaba amor duradero en los que compartían esa comida.

«¡Ja, ja! Henri Bredin, no puedes creerte tal cosa —me decía a mí mismo—. ¡Menuda tontería!».

Pero entonces me acordaba de aquel hombrecillo tan extraño del Quai de Conti que prácticamente me había obligado a quedarme esa «rareza» y de su tono profético y fatídico al afirmar que el libro me había estado esperando. Al final, decidí intentarlo. Lo peor que podía pasar era que la comida supiera de forma extraña. Y lo mejor… ¡No me atrevía a pensar en lo mejor!

Necesité más de una semana para conseguir las hierbas y las extrañas especias que hacían falta para el elixir de amor. Arranqué y troceé las hojas, hice una infusión con ellas y, por último, reduje la decocción y la colé con cuidado con un paño de cocina.

Finalmente, tuve en mis manos el pequeño frasco que estaba llamado a cambiar mi vida por completo.

12

Por fin haces algo sensato —comentó Georges. Lo tenía delante, con su bolsa de viaje en una mano y ocupando casi por completo el estrecho y oscuro pasillo de nuestro piso. Me sequé las manos con el delantal y le sonreí pensando que jamás en la vida me había sentido tan lejos de la sensatez como entonces. Pero eso, claro está, Georges no podía sospecharlo. El olor a tomillo silvestre, ajo y panceta sofrita llegaba desde la cocina donde el ragú de cordero se asaba con los granos de granada—. ¿No te he dicho siempre que tenías que invitarla a comer? ¡El amor entra por el estómago! Bueno, al menos en mi caso. Mmm… ¡Qué bien huele! Tal vez debería quedarme aquí en lugar de ir a ver a Cathérine.

Esbozó una sonrisa y me dio un golpecito amistoso en el hombro.

—¡Tranquilo, que no me verás aquí hasta el domingo por la noche! *Salut, Henri, bonne chance!*

Asentí e, impaciente, lo acompañé hasta la puerta, donde él se detuvo de nuevo.

—Acuérdate de dar de comer a la gata.

—Sí, no te preocupes.

Al posar la mano en el pomo de la puerta, se acordó de otra cosa.

—¡Ah, Henri! Y no te olvides de subir el helado. Apostaría algo a que os olvidáis del postre. Realmente sería una lástima.

Negué con la cabeza y me eché a reír.

—No, Georges, seguro que no me olvido.

Finalmente se fue. En cuanto salió, cerré con alivio la puerta del piso; me apoyé un instante en el marco de la puerta con el corazón desbocado e inspiré profundamente. Luego eché un vistazo al reloj. Aún me quedaba una hora. Al pasar junto a la cómoda reparé en que Georges había olvidado ahí las llaves de casa. Me encogí de hombros. Él no las necesitaría en todo el fin de semana. Cerré la puerta del dormitorio de Georges y me dirigí al mío, donde ya había preparado la mesa para dos. Había puesto flores en un florero y dos velas para crear el ambiente adecuado. Cerré la ventana. Se había levantado algo de viento, que barría las hojas de otoño de las calles, y caía una lluvia fina. En la calle reinaba la oscuridad. Examiné la mesa de madera, con platos blancos sencillos y copas de vino tinto. Tras darle varias vueltas, quité las velas. ¡Resultaba demasiado evidente! A fin de cuentas, Valérie venía a mi casa como amiga. Ella aún no había tomado el elixir de amor y, desde luego, no tenía ni la más remota idea de mis siniestros planes.

«¡Oh! ¡Si vas a cocinar tú! —había bromeado cuando la había invitado a cenar el viernes. Después, con una pequeña sonrisa burlona, había añadido—. Pero ¿acaso sabes?».

«Deja que te sorprenda», le había respondido yo en tono misterioso.

Apagué la luz del techo y encendí la lámpara de pie que había junto a la gastada butaca que tenía frente a la estantería de libros. Al momento, una luz cálida y agradable inundó la habitación, en cuya pared del fondo había un armario ropero viejo y mi cama estrecha. Me quedé mirando el desgastado papel pintado con sus florecitas y la vieja estufa de gasóleo del rincón, me acerqué a la cama y volví a alisar el edredón. Luego me apresuré hasta la cocina, donde llevaba haciendo preparativos desde primera hora de la mañana. Satisfecho y, a la vez, un poco nervioso, recorrí con la mirada el apetecible caos que reinaba ahí. Sobre el aparador descansaba la fuente de loza que contenía la vinagreta de patatas cremosa, ya dispuesta para la ensalada de canónigos, los cuales había colocado en el escurridor, con las hojas brillantes bien limpias y secadas con un paño, junto a los champiñones blancos. Los daditos de panceta sofritos aguardaban en la sartén.

En el fregadero estaba aún la cazuela pequeña con el cuenco metálico donde había fundido el
chocolate para los *gâteaux au chocolat*. Había saca-
do los moldes pequeños rellenos con la masa al exterior, por el ventanuco de la cocina, cubiertos con
papel de periódico y colocados sobre una teja suel-
ta que hacía de saliente. Esos pastelillos de chocolate se servían calientes, pero ya los hornearía más
tarde; en ese momento la carne de cordero y el gra-
tinado de patatas se asaban en el horno en perfecta
armonía.

Retiré los restos de las granadas y las ralladuras
de naranja del aparador y lo eché todo al cubo de basura que tenía debajo del fregadero. El *parfait* de
naranjas sanguinas era lo primero que había preparado por la mañana; se trataba de un postre sencillo
que siempre salía bien, pero en esa cocina era un
auténtico desafío. De hecho, en cuanto tuve el molde alargado relleno con la masa cremosa había caído
en la cuenta de que no teníamos nevera y menos aún
congelador.

«Oh, *mon Dieu,* ¿y ahora qué hago? ¿Cómo me las arreglaré?», había murmurado mirando con desesperación el molde.

«¿No te parece un poco exagerado? —había preguntado Georges al notar mi desazón—. Con un postre es suficiente».

Cierto, un postre era suficiente, pero ¿acaso Georges podía imaginarse lo irresistible que sería el *parfait* de naranjas semihelado y ligeramente amargo acompañado del oloroso pastelito de chocolate caliente? Por otra parte, ¿acaso el amor entiende de exageraciones? De hecho, me había dejado prácticamente la mitad de mi escasa asignación mensual en aquel festín.

A pesar de contar con el elixir —del que, por una superstición disparatada, no había dicho nada a nadie, ni siquiera a Georges—, quería ofrecer a Valérie Castel el mejor de los menús, el más refinado y suculento que una persona había comido jamás.

Al final, Georges me había quitado el molde de la mano y se lo había llevado sin más al piso de la señora Bezier, que era una mujer mayor y delicada que vivía debajo y que a veces escuchaba sus viejos discos de Beethoven a un volumen ensordecedor. Estaba soltera, pero tenía nevera.

Había quedado con Valérie a las ocho. Como sabía perfectamente que ella no llegaría a tiempo, había escogido un plato que no requiriese puntualidad. Al contrario, cuanto más rato se asase a fuego lento en vino tino, más exquisita resultaría la carne de cordero.

Al abrir la puerta del horno, me recibió una bocanada de aire caliente con aroma a hierbas. Cogí los agarradores, así la pesada cazuela y la coloqué en la cocina de hierro. A continuación, la destapé, volví a remover el ragú con la cuchara de madera y lo probé. El aroma delicadamente amargo de un grano de granada reventado se me quedó en la lengua antes de masticar la carne, que estaba blanda como la mantequilla. ¡Aquel tenía que ser el sabor del paraíso!

Finalmente me acerqué a la estantería, levanté los brazos, aparté los botes de harina, azúcar y sal, y saqué el frasco que había escondido ahí. Con el corazón agitado, contemplé los reflejos verdosos y la apariencia, algo peligrosa, de su contenido.

Coquine, que había observado con gran atención toda la actividad desde su lugar favorito en lo alto del armario de la limpieza, saltó al suelo y me acarició las piernas para pedirme comida.

—Ahora no, Coquine —le dije, nervioso.

Eran las siete y media cuando desenrosqué cuidadosamente la tapa del frasco y me acerqué al fogón donde se cocía el ragú de cordero. Era el momento de incorporar al *menu d'amour* el último y más importante ingrediente.

Entonces llamaron a la puerta.

13

Ese viernes por primera vez Valérie Castel no llegó tarde. De hecho, apareció media hora antes y, al hacerlo, activó una secuencia de sucesos que solo más tarde logré reconstruir con dificultad. Me limpié las manos con el delantal, estuve a punto de tropezar con la gata y salí al pasillo contrariado, convencido de que Georges, olvidadizo como era, se había dado cuenta de que le faltaban las llaves y había regresado.

Abrí la puerta del piso mientras renegaba en voz baja y me topé con dos ojos azules que me miraban con asombro.

—¿Llego demasiado pronto?

Ahí estaba Valérie, con las mejillas sonrosadas, el abrigo y el gorro azules y con una sonrisa algo vacilante. Olía a lluvia y llevaba en la mano una cesta de cerezas.

—No…, oh, no —farfullé mientras me quitaba el delantal a toda prisa—. Justo a tiempo. Es decir, en el instante preciso. —Di un paso atrás para dejarla entrar—. Ya está todo listo.

—Sí. El olorcillo ya se nota en la escalera —comentó y me ofreció la cesta de cerezas—. Toma, te he traído esto de postre.

—Oh, genial. ¡Gracias! —Le cogí la cesta y me acordé un instante del *parfait* de naranjas sanguinas que estaba en la nevera de la señora Bezier—. Vamos, dame el abrigo.

Entreabrí la puerta del dormitorio de Georges un instante y arrojé ahí el abrigo de Valérie.

Ella miró a su alrededor con interés.

—Así que aquí es donde vivís. ¡Qué agradable! —afirmó.

—Más que vivir, subsistimos —repuse—. Es una buhardilla, pero el barrio me gusta.

—Sí, el barrio es muy bonito —convino ella—. ¿Georges no está?

—Georges no ha podido... Se ha ido a ver a su novia —respondí rápidamente—. ¿Quieres una copa de vino? Siéntate, ahora vuelvo.

Por poco, me dije mientras mezclaba la ensalada con la vinagreta y volvía a meter la cazuela en el horno. Un minuto después, Valérie se apoyaba en la puerta de la cocina.

—*Oh là là!* —dijo al ver las estanterías repletas y el desbarajuste de cazuelas, ollas, botes y aparatos de cocina—. ¿Es que ha caído aquí una bomba?

Coquine saltó al fregadero y empezó a jugar con una piel de patata.

—No. Aquí simplemente ha cocinado un hombre —dije espantando a la gata—. De todas maneras, ya ves que la cocina es diminuta.

—Sí. Es como la cocina de la bruja. Y, además, con gato negro. ¡Qué encanto!

Ella sonrió y yo me ruboricé. Abrí el ventanuco. En la cocina hacía mucho calor y, como ya se ha dicho, era minúscula.

14

Excepcionalmente esa noche no hablamos de libros. Hablamos sobre la comida. En principio. Si los canónigos con vinagreta de patata habían entusiasmado a Valérie, el ragú de cordero con granos de granada le conquistó el corazón.

—¡Por Dios! ¡Qué maravilla! —exclamó tras tomar el primer bocado. Se hizo con un trozo de *baguette* del día y lo mojó en la salsa—. De verdad, Henri, estoy muy impresionada. ¿Tienes más talentos escondidos?

—Es posible —dije encogiéndome de hombros y pensando en que, además, me dedicaba a elaborar pócimas de amor. Contemplé fascinado cómo se lamía la salsa del dedo.

—Mmm… —comentó deleitándose con el sabor—. ¿Qué le has puesto?

—Ah, bueno, eso y aquello —respondí vagamente.

Valérie hundió el tenedor en la carne de cordero y me dirigió una mirada pícara.

—Un hombre capaz de cocinar así debería casarse de inmediato.

Se echó a reír.

—En ese caso, date prisa porque no sé cuánto tiempo voy a seguir disponible —dije con una risita—. ¿Más vino?

Ella asintió alegre y yo le serví el vino tinto con tanto brío que la copa rebosó.

—*Tiens,* pues ya me puedes apuntar en la lista —respondió ella. Nos echamos a reír de nuevo y brindamos. Por supuesto, hablaba en broma. O, por lo menos, eso era lo que Valérie creía. Yo, en cambio, sabía la verdad. El elixir estaba empezando a surtir efecto.

Contemplé embelesado a esa hermosura incauta de ojos brillantes que, a golpe de tenedor, hacía desaparecer en su boca el ragú de cordero. Con cada bocado ella parecía más predispuesta a coquetear conmigo. Yo, envalentonado, le seguí el juego, sorprendido de lo fácil que resultaba de pronto flirtear con Valérie.

—Tal vez más adelante deberías abrir un restaurante —dijo ella sirviéndose más ragú—. Un local pequeño y encantador, con manteles a cuadros rojos y blancos. Me encantan esos manteles.

—Pues no se hable más —contesté—; que sean manteles a cuadros rojos y blancos. ¿Y ese restaurante ya tiene nombre? ¿Chez Henri, quizá?

Valérie masticaba pensativa mientras miraba a su alrededor, como si jugara al veo-veo. Entonces su mirada se detuvo en la cesta de cerezas, que estaba sobre la mesa entre nosotros.

—¡Por supuesto! —exclamó—. Lo llamaremos Le temps des cerises, El tiempo de las cerezas, como la canción, ya sabes: *Quand nous chanterons le temps des cerises, et gai rossignol, et merle moqueur…*

Valérie entonó los primeros compases de forma despreocupada y muy desafinada. Coquine corrió a refugiarse bajo la cama.

—Y en recuerdo también de esta noche. Para que no te olvides de mí cuando seas un cocinero famoso.

—¡Cómo olvidarte! —respondí—. Tú me ayudarás en la cocina.

—¡Olvídalo! —repuso ella entre risas—. No sirvo para la cocina.

—Vale, entonces, camarera. Seguro que los delantales blancos te quedarán muy bien. La imagen me parece realmente arrebatadora —comenté a la vez que me mordía el labio inferior con una sonrisa juguetona.

—¡Eh, oye, ahora no te vuelvas descarado! —repuso. Sin embargo, me di cuenta de que, en cierto modo, ese descaro tan desacostumbrado en mí le gustaba—. ¿Qué pasa esta noche contigo, Henri Bredin? —siguió diciendo—. Estás muy… distinto.

Ella me dedicó una sonrisa llena de asombro y me miró como si lo hiciera por primera vez.

—Eso son imaginaciones tuyas. Estoy como siempre —mentí mientras por dentro entonaba gritos de júbilo. ¡Había funcionado! ¡Había funcionado de verdad!—. Anda, toma un poco más de ragú. Queda mucho.

—De eso nada. —Ella masticaba con fruición un trozo de carne y me miraba negando con la cabeza—. Estás, no sé, muy divertido. Muy suelto… Como si te hubiera ocurrido algo fantástico. Dime, ¿qué te ha pasado?

—Verás —contesté. Decidí entonces echar toda la carne en el asador—, esta noche la chica más guapa de París ha venido a cenar a mi casa. Eso es lo que me ha ocurrido.

Levanté la mirada y la observé. ¿Me lo estaba imaginando o realmente se había sonrojado?

—Oh —dijo ella—. ¡Qué encanto! Pero ya sabes que, en teoría, estoy comprometida.

Sonrió con timidez.

Yo también sonreí. A fin de cuentas, había dicho «en teoría».

15

Media hora más tarde, Valérie dejaba los cubiertos sobre la mesa con un suspiro de satisfacción y se recostaba en su asiento.

—¡Ha sido divino! —exclamó—. Ahora sí que no puedo más.

Sonreí complacido. La cazuela estaba casi vacía.

Valérie dejó la servilleta sobre la mesa y, de pronto, adoptó una expresión meditabunda.

—¿Sabes? Alessandro... —empezó a decir sin más.

—¿Sí? —pregunté. La cazuela que me disponía a llevar a la cocina casi se me escapó de las manos.

Era la primera vez desde el día en que había ido a recoger a Valérie a la Gare de Lyon que surgía de nuevo el nombre de mi odiado rival, aunque ella lo veía de vez en cuando.

—A él la comida le trae sin cuidado. ¿No te parece extraño?

—Mucho —corroboré—. A mí la gente que no valora la comida me da mala espina.

—Pero, por lo demás, es maravilloso.

—Evidentemente —apunté yo con amabilidad—. Si no, no te habrías enamorado de él.

—Sí —dijo ella. De nuevo parecía estar dándole vueltas a algo—. Es que…

—¿Sí? —le pregunté con inocencia fingida.

—Los libros tampoco le interesan mucho. De hecho, a veces no sé muy bien de qué hablar con él. Quiero decir que me resulta difícil conversar con él tan bien como contigo.

Me dirigió una mirada inquisidora; entonces supe que, además del ragú, ella había ingerido también la duda y esta ahora se había instalado en sus entrañas.

—Bueno —dije, cogiendo con más fuerza las asas de la cazuela—. Me parece una lástima. Sobre todo, para Alessandro.

Me esforcé por no mostrarme demasiado complacido. Fuera como fuera, para mí, todo marchaba perfectamente.

16

Cuando, después de recoger el *parfait* del piso de abajo, salí de la cocina con los pastelillos de chocolate templados, Valérie estaba frente a la estantería de libros. Recorría los lomos con sus dedos finos y, al ir a sacar el libro de poemas de William Butler Yeats, cayó al suelo otro ejemplar, en realidad un opúsculo. Con tapas de cuero de color sangre de toro. Cuando se inclinaba para cogerlo reparé de pronto en la nota metida entre las páginas del elixir de amor que contenía el menú de la cena con Valérie Castel.

En dos zancadas me planté a su lado y, antes de que ella pudiera recogerlo, ya me había hecho con el libro que me habría delatado. Chocamos y ella me miró con sorpresa.

—¡Ay! ¿Qué haces? —dijo frotándose el hombro con una sonrisa mientras se incorporaba.

—Nada —respondí, nervioso, irguiéndome.

Valérie clavó la mirada en el libro que yo tenía entre las manos e intentó en vano descifrar su título.

—¿Qué dice ahí sobre la muerte y el amor? —Por fortuna, mi pulgar tapaba la palabra «elixires» de modo que ella no podía leerla. Escondí el libro detrás de mí y sonreí con gesto inocente.

—Henri, ¿qué libro es ese? ¿Son poemas?

—Eeeh, no —me limité a responder—. Vamos, vuelve a tu sitio. Voy a servir el *parfait* de naranjas sanguinas.

Me apresuré hacia la cocina con el libro. Ella me siguió.

—Vamos, Henri, no seas tonto. ¿Por qué no puedo ver el libro?

Saltaba a la vista que su curiosidad femenina se había despertado. Seguro que en la vida de alguien como Valérie Castel no era habitual que se le negara algo. Impaciente, me tiró del brazo e intentó quitarme el libro. Forcejeamos un poco en la cocina entre risas; yo la sujeté, sentí su cuerpo elástico revolviéndose entre mis brazos y reparé de reojo en que el vestido se le había levantado y dejaba ver el brillo de las ligas de sus medias de seda mientras su cálido aliento me acariciaba el oído. Aquella proximidad física y tener algo que Valérie quería a toda costa me excitaron de un modo extraño y el corazón se me agitó. Sin duda, de no haber temido hacer el ridículo más espantoso de mi vida, aún habría disfrutado más de aquel pequeño cuerpo a cuerpo.

Valérie, sofocada, se apartó de mí entre risas antes de volver a intentar hacerse con el libro que, en ese momento, yo sostenía por encima de la cabeza.

—¿Qué es, Henri? —insistió con la voz entrecortada—. ¡No te hagas de rogar!

—No es nada —respondí.

Entonces, de pronto, arrojé por encima del hombro el librito rojo a través de la ventana de la cocina. Tras desplomarse estrepitosamente sobre las tejas fue engullido por la oscuridad con un golpe suave.

—Un libro tan bonito. ¿Por qué has hecho eso, Henri?

Estaba ante mí, frunciendo el ceño.

—Porque te quiero —contesté.

Durante un instante, se hizo un silencio tan intenso que me pareció que le oía los latidos del corazón.

Ella entonces me rodeó el cuello con los brazos, se puso de puntillas y me besó.

—Lo sabía. En el fondo del corazón, siempre lo he sabido —susurró. Yo la sujeté entre mis brazos y supe que no estaba dispuesto a soltarla.

—¿Qué es lo que siempre has sabido? —murmuré.

—Que tú eras el hombre para mí.

17

Aquella noche la diminuta buhardilla con cortinas amarillentas de la casa torcida en la rue Mouffetard fue un lugar dichoso. Con los años, he vivido en pisos más grandes y más hermosos. He dormido en camas más anchas y mullidas. Sin embargo, nunca mi felicidad ha sido mayor que la que sentí ahí, estando los dos tumbados y muy abrazados en ese colchón estrecho mientras escuchábamos el golpeteo de la lluvia en el tejado casi mudos de amor.

Entonces yo aún no sabía que la vida no siempre da mucho tiempo, ni siquiera a dos personas que son la una para la otra. No sabía que más adelante abriría un restaurante en Saint-Germain, ni que tendría una hijita, tan dolorosamente parecida a su madre, ni que llegaría un momento en que le tendría que explicar que no es cuestión de años, sino de lo que ocurre mientras estos transcurren.

Aquel día de otoño de 1964 el tiempo, simplemente, se detuvo. El dormitorio permaneció impregnado del aroma del tomillo silvestre y los pastelillos de chocolate y en la mesa quedaron, en la más hermosa de las confusiones, las copas y los platos olvidados. Y una cesta de cerezas. Valérie yacía a mi lado y, en algún lugar dentro de un canalón, sumido en la oscuridad, había un pequeño libro rojo cuyas páginas se irían ablandando hasta resultar ilegibles. Todo había ocurrido tal y como había imaginado.

Hacia las cinco de la madrugada, me despertó un sonido sordo y tintineante que parecía venir de la cocina. Me solté con cuidado de los brazos de Valérie y me deslicé sigilosamente hasta la cocina por el pasillo pequeño y oscuro. Encendí la luz y miré soñoliento los platos, ollas y sartenes sucios que se amontonaban en el fregadero. En el aparador había un *gâteau au chocolat* olvidado y, en un cuenco, los restos del *parfait* de naranjas sanguinas se habían fundido para convertirse en un pequeño mar. Entonces reparé en Coquine, que estaba sentada en el suelo de la cocina. Se relamió el hocico con su lengua rosada y me miró con gesto culpable; luego bajó la cabeza y continuó lamiendo. Tenía delante un pequeño charco de líquido verdoso en cuyo borde descansaba un frasco de cristal roto.

Me desperté de golpe. Me agarré la cabeza y me apoyé contra la pared de la cocina mientras contemplaba el frasco sin dar crédito. Mi mirada vagó hacia el abarrotado aparador y regresó de nuevo a la gata negra que, por un breve instante, levantó la mirada y empezó a ronronear.

Observé esos ojos verdes y me vi reflejado en mil espejos. En pocos segundos retrocedí en el tiempo hasta verme de pie con el frasco abierto delante de la cazuela; hasta el momento en que llamaron a la puerta. Cerré los ojos y las imágenes volvieron a pasar por mi cabeza...

Tengo el frasco en la mano. Ha llegado el gran momento. Llaman al timbre. ¿Quién será? Seguro que es Georges, que se ha olvidado las llaves. ¡Menudo idiota! Con el frasco en la mano, doy unos pasos, la gata se me cuela entre las piernas, maldigo, tropiezo, casi me caigo, dejo un momento el frasco en el aparador, justo a la salida de la cocina, junto a la botella de aceite de oliva. El timbre vuelve a sonar. ¡Ya voy! Tengo que conseguir que Georges se largue de inmediato. Me limpio las manos con el delantal, vuelvo a soltar una palabrota. Son las siete y media, abro la puerta. Retrocedo, pasmado. Increíble. Es ella. ¡ELLA! Mi corazón se detiene. Huele a lluvia. «¿Llego demasiado pronto?». Qué guapa está. ¡Dios mío! ¿Cómo puede ser que ya esté aquí? Esos ojos. El abrigo azul.

Como aquel día en clase. Y yo aquí, con este estúpido delantal. Sudado. Azorado. Ella sonríe. Mi corazón vuelve a latir. Ha traído cerezas. ¡Cerezas! El símbolo de los besos. Arrojo su abrigo en el cuarto de Georges y corro a la cocina. «Siéntate, ahora vuelvo». Mis pensamientos se precipitan. Por poco. Vuelvo a meter la cazuela en el horno y mezclo la vinagreta en la ensalada... El frasco no está junto a los fogones... El frasco ya no está junto a los fogones...

18

Abrí los ojos. Entonces me di cuenta de que el *elixir d'amour* no había terminado en la cazuela. Nunca llegué a verterlo ahí. Había permanecido junto a la botella del aceite de oliva hasta que Coquine lo había arrojado al suelo en plena noche. La llegada inesperada de Valérie me había causado tal sobresalto que me había hecho olvidar todo por unos instantes. Cuando, aún conmocionado, había regresado a la cocina y no había visto el frasco mágico junto a los fogones, mi memoria me había jugado una mala pasada. Habría jurado que había vaciado el pequeño frasco en la cazuela y que luego lo había arrojado rápidamente a la basura antes de apresurarme a abrir la puerta.

Saqué la escobilla de mano del armario para barrer los cristales rotos mientras meneaba la cabeza. Coquine, por su parte, había ayudado en la limpieza. Al parecer, el elixir de amor le había encantado. Mientras yo retiraba con cuidado los restos de vidrio del frasco y los arrojaba a la basura, ella se apretaba contra mis piernas entre ronroneos mirándome, ¡palabra!, con ese arrobo que solo una gata puede dedicar a una persona.

De todos modos, también es posible que no fueran más que imaginaciones mías. Lo cierto es que no sé gran cosa de gatas enamoradas.

Oí que Valérie me llamaba. Su voz era plácida por el sueño. «¿Vienes?».

—Ya voy —le dije con una alegría tranquila, incontenible, que me inundó desde la cabeza a las puntas de los dedos de los pies. Ensimismado, me acerqué al ventanuco y volví a mirar la oscuridad; ese día la noche había adquirido una magia muy particular. Había dejado de llover y la luna clara, en forma de hoz, estaba tan cerca que parecía que se pudiera agarrar. El viento apartó las nubes en el cielo. Vi dos estrellas.

Los menús

Menú de amor

Un menú seductor para todos los amantes
y para quienes quieren serlo

Canónigos con aguacate, champiñones
y nueces de macadamia
con vinagreta de patatas

Ragú de cordero con granos
de granada y patatas gratinadas

Gâteau au chocolat
con parfait de naranja sanguina

Canónigos con aguacate, champiñones y nueces de macadamia con vinagreta de patatas

Ingredientes

100 g de canónigos
1 aguacate
100 g de champiñones pequeños
1 cebolla roja
1 patata grande (harinosa)
10 nueces de macadamia
60 g de daditos de panceta
2-3 cucharadas de vinagre de manzana
100 ml de caldo de verduras
1 cucharada de miel líquida
3 cucharaditas de aceite de oliva
1 pizca de mantequilla
Sal y pimienta

1 Lavamos y sacudimos el exceso de agua de los canónigos. Limpiamos los champiñones y los cortamos en láminas. Pelamos el aguacate y lo cortamos en rodajas. Tostamos las nueces de macadamia en una sartén con una pizca de mantequilla hasta que nos queden doradas. Cortamos la cebolla primero por la mitad y luego en rodajas finas. Cocemos la patata con piel hasta que quede blanda.

2 Doramos los daditos de panceta en una sartén hasta que estén crujientes. A continuación, llevamos a ebullición el caldo de verduras y agregamos el vinagre, la sal, la pimienta, una cucharada de miel y el aceite. Pelamos la patata, la añadimos al caldo, la aplastamos con un tenedor y después lo pasamos todo por las varillas para obtener una masa homogénea.

3 Emplatamos los canónigos con los champiñones, las láminas de aguacate, la cebolla y las nueces. Esparcimos por encima los daditos de panceta y aderezamos con la salsa tibia. Servimos de inmediato.

Ragú de cordero con granos de granada y patatas gratinadas

Ingredientes

400 g de carne de pierna de cordero

2 zanahorias

2 tallos de apio

1 cebolla roja

2 tomates grandes

1 berenjena grande

2 granadas

2 dientes de ajo

3 cucharadas de mantequilla

1 manojo de tomillo fresco

1 cucharada de harina

250 ml de vino blanco seco

400 g de patatas pequeñas (firmes)

2 huevos

250 ml de nata líquida

1 Primero retiramos la grasa de la carne de cordero y, a continuación, cortamos la carne en dados. Luego pelamos las zanahorias y limpiamos bien los apios. Lavamos la berenjena y la cortamos en dados pequeños. Cortamos la cebolla y el ajo y los picamos hasta que queden finos. Partimos por la mitad las granadas, les retiramos los granos y los reservamos. Escaldamos los tomates en agua hirviendo; a continuación, los pasamos por agua fría y los pelamos. Les retiramos las semillas y los cortamos en dados.

2 Rehogamos la verdura (excepto los tomates y los granos de granada) en mantequilla en una sartén. Condimentamos con sal, pimienta y hojas de tomillo. En una cacerola doramos bien la carne de cordero en aceite de oliva y la salpimentamos. A continuación, la espolvoreamos con harina, lo removemos todo bien y, finalmente, lo regamos con el vino blanco. Añadimos entonces las verduras, también los tomates, y asamos todo tapado en el horno durante unas dos horas a baja temperatura (150 grados). Si es preciso, regamos con más vino. Al terminar, añadimos los granos de granada.

3 Mientras la carne de cordero se asa, lavamos las patatas, las pelamos y las cortamos en láminas muy finas (podemos usar la mandolina). Untamos con mantequilla una fuente de horno, disponemos las láminas de patata en círculo y las salpimentamos. Finalmente, batimos la nata y los huevos, sazonamos, lo vertemos sobre las patatas y distribuimos copos de mantequilla por encima. Hornear a 180 grados durante unos 40 minutos.

Gâteau au chocolat
con *parfait* de naranja sanguina

Ingredientes

100 g de chocolate negro (mínimo
70 % de cacao)
2 huevos
35 g de mantequilla (con sal)
35 g de azúcar moreno
25 g de harina
1 sobre de azúcar avainillado
4 trocitos extra de chocolate

1 Fundimos el chocolate y la mantequilla al baño maría. Batimos los huevos hasta obtener espuma; añadimos el azúcar y también el azúcar avainillado. Mezclamos la harina y el chocolate fundido.

2 Untamos dos moldes con mantequilla y los espolvoreamos con harina. A continuación, rellenamos un tercio de los moldes, colocamos dos trocitos de chocolate en cada uno y, finalmente, acabamos de rellenar con la masa restante.

3 Horneamos entre 8 y 10 minutos en un horno precalentado a 220 grados. Los *gâteaux au chocolat* deben quedar hechos por fuera y líquidos por dentro. Se espolvorean con azúcar glas y se sirven templados. Se acompañan con...

Parfait de naranja sanguina

Ingredientes

3 naranjas sanguinas
2 yemas de huevo
100 g de azúcar glas
1 pizca de sal
2 sobres de azúcar avainillado
250 ml de nata montada

1 Con la batidora, batimos las yemas junto con el azúcar, una pizca de sal y 3 cucharadas de agua caliente hasta que la masa se vuelva untuosa. A continuación, añadimos el zumo de dos naranjas. Montamos la nata con el azúcar avainillado y la incorporamos a la crema.

2 Vertemos la masa en un molde rectangular y la dejamos en el congelador durante toda la noche.

3 Decoramos con rodajas de naranja cortadas en láminas y lo servimos como acompañamiento al *gâteau au chocolat.*

Menú de medianoche

Por la noche, el amor y la comida ligera
son especialmente deliciosos

Crema de medianoche
con berros

Pequeña terrina de ave con pistachos,
arándanos rojos y pimienta verde

Figues et cassis au miel
(Higos y grosellas con miel)

Crema de medianoche con berros

Ingredientes

200 g de berros
3 chalotas
2 patatas grandes
1 rodaja de pierna de ternera para cocer
1 envase pequeño de crème fraîche
4 cucharadas de nata montada
Sal y pimienta blanca

1 En una olla con 750 ml de agua cocemos la rodaja de pierna con la sal y las chalotas peladas durante
una media hora. A continuación, retiramos la rodaja de pierna y cocemos en el caldo las patatas peladas
y cortadas en dados durante 20 minutos hasta que
queden blandas.

2 Añadimos los berros lavados y dejamos cocer durante 5 minutos a fuego lento. Reservamos un puñado de berros para decorar. Retiramos la olla del fuego y reducimos la sopa a puré con una batidora.

3 Incorporamos la nata y la *crème fraîche* y salpimentamos. Antes de servir, espolvoreamos los platos hondos con los berros que hemos reservado.

Pequeña terrina de ave con pistachos, arándanos rojos y pimienta verde

Ingredientes

50 g de hígado de ave
1 copita de Grand Marnier
1 tarrina de crème fraîche
Pimienta, salvia seca
200 g de carne de ave troceada
125 g de carne picada de cerdo
50 g de panceta magra
200 g de beicon para forrar la terrina
Sal, mezcla de especias para carne
50 g de pistachos
3 cucharadas de arándanos rojos
1 frasco pequeño de granos de pimienta
verde en vinagre

1 Regamos el hígado de ave con Grand Marnier y lo condimentamos con pimienta y salvia. A continuación, pasamos por la picadora la carne de ave y la de cerdo con la panceta magra picada. (Esto también se puede encargar al carnicero). Condimentamos el relleno con sal, la mezcla de especias y la pimienta. Después, mezclamos los trocitos de hígado con la marinada, la *crème fraîche,* los pistachos, la pimienta verde y los arándanos rojos.

2 Precalentamos el horno a 200 grados. Forramos una terrina no muy grande con las tiras de beicon y vertemos encima la masa de carne. Alisamos la superficie y tapamos con papel de aluminio. Con un palillo hacemos algunos agujeritos en el papel de aluminio y, a continuación, horneamos a baja temperatura la terrina durante 1 hora, aproximadamente.

3 Dejamos enfriar en el molde y luego esperamos a que repose toda la noche en el frigorífico. El paté

resultante se sirve frío, acompañado de una salsa dul-
ce, como la Cumberland, por ejemplo, y con pan de
baguette.

Figues et cassis au miel
(Higos y grosellas con miel)

Ingredientes

4 higos frescos
100 g de grosellas rojas
4 cucharadas de miel líquida
1 pizca de mantequilla
1 cucharada de azúcar
1 copa pequeña de crème de cassis *(licor de grosella)*

1 Lavamos los higos, los cortamos en gajos y los distribuimos en forma de abanico en dos platos de postre. Lavamos las grosellas rojas y las separamos del racimo.

2 Fundimos la mantequilla en la sartén, añadimos el azúcar y dejamos que caramelice un poco. Añadimos, a continuación, las grosellas rojas, las calentamos un poco en el caramelo y regamos los higos con la masa confitada obtenida.

3 Rociamos la miel sobre los higos y las grosellas rojas y, finalmente, lo regamos todo con un chorrito de *crème de cassis.*

Menú de San Valentín

Un menú de San Valentín
que acelera el corazón

Ensalada refrescante aux poires *(de peras)*
con nueces y roquefort

Pierna de cordero
con aceitunas negras y lavanda

Naranjas a la canela con merengue
y licor de albaricoque

Ensalada refrescante *aux poires* (de peras) con nueces y roquefort

Ingredientes

40 g de nueces peladas
2 peras blandas
100 g de roquefort
1 puñado de lechuga de hoja de roble
y albahaca fresca
1 manojo de cebollino
1 cucharada de miel líquida
3 cucharadas de aceite de oliva
1 cucharada de vinagre balsámico blanco
1 cucharadita de mostaza de Dijon,
preferiblemente con granos de pimienta
Pimienta

1 Pelamos las peras, las cortamos en cuartos, les retiramos el corazón y las cortamos en láminas longitudinales. Lavamos las hojas de lechuga y de albahaca. Cortamos el cebollino en aros pequeños.

2 En un cuenco ponemos la mostaza de Dijon y el vinagre, los mezclamos con las varillas y añadimos la sal, la pimienta recién molida y la miel. Sin dejar de remover, vertemos, a continuación, el aceite de oliva a chorritos hasta obtener una vinagreta de textura espesa.

3 Luego ponemos las hojas de lechuga y de albahaca en dos platos; encima de ellas colocamos los trozos de pera dispuestos en círculo y, por último, añadimos el roquefort y las nueces. Finalmente, rociamos la vinagreta de manera uniforme con una cuchara. Dejamos que repose en el frigorífico y la servimos fría.

Pierna de cordero
con aceitunas negras y lavanda

Ingredientes

1 pierna de cordero pequeña
Aceite de oliva
1 manojo de cebolletas
150 g de tomates en aceite deshidratados
150 g de aceitunas negras
Canela
500 ml de vino blanco
Pimienta negra recién molida, sal
1 manojo de lavanda
1 manojo de romero

1 Lavamos la pierna de cordero y la secamos con papel de cocina; le practicamos unas incisiones en la cara superior, la frotamos con sal y pimienta y, finalmente, la doramos por todas partes en una sartén con aceite de oliva. A continuación, ajustamos el horno a 225 grados y asamos la pata de cordero en una cacerola durante 45 minutos. Al cabo de 15 minutos, bajamos la temperatura del horno a 200 grados. De vez en cuando regamos la pierna de cordero con agua caliente y dejamos que esta se evapore.

2 Lavamos las cebolletas y las cortamos en aros; cortamos en juliana los tomates deshidratados y, 20 minutos antes de que termine el tiempo de cocción del cordero, añadimos los manojos de lavanda y romero; condimentamos con un poco de sal y pimienta y, finalmente, agregamos la mitad del vino. Mantenemos la tapa cerrada.

3 Al final, retiramos la pierna de cordero de la cacerola y la conservamos caliente dentro del horno apagado; mezclamos el vino blanco restante con una cucharadita rasa de canela y lo añadimos a la cacerola. Dejamos cocer un momento al fuego, añadimos de nuevo la pierna de cordero y, poco antes de servir, la mezclamos con aceitunas negras.

Se acompaña con una *baguette* crujiente con la que es posible mojar esta deliciosa salsa.

Naranjas a la canela con merengue y licor de albaricoque

Ingredientes

3 naranjas
30 g de pistachos pelados
1 merengue grande de pastelería
Canela
1 vaso pequeño de licor
de albaricoque
Mantequilla

1 Cortamos las naranjas en láminas, es decir, primero las pelamos con un cuchillo y luego hacemos rodajas finas.

2 Colocamos las rodajas en círculo en un molde para quiches y las condimentamos con canela. A continuación, desmenuzamos el merengue y lo espolvoreamos encima de las naranjas.

3 Después de tostar los pistachos en mantequilla, los repartimos sobre las naranjas y el merengue con el licor de albaricoque. Si queremos, podemos añadir nata montada refrigerada.

Menú de primavera

El menú de primavera
con el que todo empieza

*Espárragos trigueros y blancos
con parmesano y aros de puerro*

Coc au Noilly Prat
(Pollo al vermú)

Les fraises et la mousse au chocolat
(Fresas y mousse de chocolate)

Espárragos trigueros y blancos con parmesano y aros de puerro

Ingredientes

6 espárragos blancos
6 espárragos trigueros
1 puerro
3 cucharadas de aceite de oliva
1 cucharada de vinagre balsámico
40 g de queso parmesano fresco
Sal y pimienta

1 Lavamos los espárragos; pelamos los espárragos blancos mientras que a los trigueros solo les retiramos la base. Cocemos los espárragos 15 minutos en agua salada; deben quedar al dente. Limpiamos el puerro y lo cortamos en rodajas finas. Solo se debe utilizar la zona comprendida entre el extremo inferior y la mitad del tallo.

2 Preparamos una vinagreta con el vinagre balsámico, el aceite de oliva, la pimienta y la sal y cortamos el parmesano en láminas finas y grandes.

3 Colocamos los espárragos en una fuente refractaria plana. A continuación, los rociamos con la salsa y los cubrimos con las láminas de parmesano. Gratinamos un poco en el horno muy caliente, hasta que el parmesano se funda. A continuación, espolvoreamos con pimienta negra gruesa recién molida.

Coc au Noilly Prat
(Pollo al vermú)

Ingredientes

1 pollo fresco francés o 1 pularda
2 tomates grandes o 4 pequeños
2 dientes de ajo triturados
1 manojo de tomillo fresco
50 g de mantequilla
100 g de nata montada
300 ml de vermú, preferiblemente
Noilly Prat
Sal, pimienta

1 Encargamos al pollero que nos corte el pollo en porciones. Doramos la carne en una cacerola con la mantequilla; luego añadimos sal, pimienta y ajo. Agregamos el manojo de tomillo y, para terminar, lo regamos todo con el vermú. Dejamos cocer en el horno a 220 grados durante 10 minutos.

2 Escaldamos los tomates y los pelamos. Cortamos en dados la pulpa de los tomates y los añadimos al pollo. Lo dejamos cocer todo tapado durante otros 30 minutos. Si falta líquido, añadimos caldo.

3 Subimos la temperatura del horno a 250 grados; incorporamos la nata a la cacerola y, después de quitarle la tapa, la colocamos en la parrilla superior para que se dore un poco.

Las patatas asadas con romero acompañan muy bien este plato.

Les fraises et la mousse au chocolat
(Fresas y mousse de chocolate)

Ingredientes

1 cuenco pequeño de fresas frescas,
a ser posible silvestres,
pues son más pequeñas y aromáticas
Azúcar glas
100 g de chocolate negro pastelero
3 claras de huevo

1 Lavamos y limpiamos las fresas; les quitamos el pedúnculo y las hojitas y las dejamos reposar en frío.

2 Ponemos al baño maría el bloque de chocolate hasta que se funda por completo, preferiblemente en un cuenco metálico colocado en una cazuela con agua hirviendo.

3 Montamos las claras a punto de nieve; luego añadimos 2 cucharaditas de azúcar glas y agregamos la masa líquida y espesa de chocolate a la mezcla de huevo. Rellenamos 2 moldes o cuencos pequeños y dejamos reposar en el frigorífico al menos 1 hora.

Para terminar, servimos el *mousse* frío con las fresas espolvoreadas en azúcar glas.

Menú de feliz cumpleaños

Una declaración de amor culinaria
para cumpleaños o aniversarios

Escarola con queso de cabra,
piñones y mandarinas

Boeuf bourguignon *en borgoña*
con champiñones y chalotas

Clafoutis *celestial de frambuesa*

Escarola con queso de cabra, piñones y mandarinas

Ingredientes

1 cabeza pequeña de escarola
2 rodajas gruesas de rulo de queso de cabra
1 pizca de mantequilla
50 g de piñones
1 aguacate
2 mandarinas
3 cucharadas de aceite de oliva
1 cucharada de miel líquida
1 chorrito de zumo de naranja
Tomillo y romero secos
Sal y pimienta

1 Lavamos la escarola, la secamos y le cortamos las hojas. Pelamos el aguacate y lo cortamos en rodajas. Pelamos también las mandarinas y las cortamos en dados.

2 Mezclamos el aceite de oliva, la miel, el tomillo, el romero y el zumo de naranja hasta obtener una salsa. Salpimentamos. A continuación, doramos los piñones en una sartén con una pizca de mantequilla. Es importante no descuidarlos ni dejar de remover, porque se queman muy rápido. Repartimos la ensalada en dos platos y distribuimos encima el aguacate y las mandarinas.

3 Sofreímos las rodajas de queso de cabra con mantequilla en la sartén, les damos la vuelta cuidadosamente con la espátula y las colocamos en la ensalada. Esparcimos por encima los piñones y servimos caliente.

Boeuf bourguignon
en borgoña con champiñones y chalotas

Ingredientes

800 g de carne de ternera para cocido
100 g de dados de panceta
500 ml de vino tinto de Borgoña
500 ml de fondo oscuro de ternera
150 g de champiñones
6 chalotas
1 cebolla
2 zanahorias
1 tomate grande
2 dientes de ajo
2 cucharadas de harina
1 manojo de tomillo
1 cucharada de concentrado de tomate
150 g de nata montada
Mantequilla

1 Precalentamos el horno a 220 grados. Sofreímos la panceta con mantequilla en la sartén y la añadimos a una cacerola. A continuación, cortamos la carne en trozos grandes y la sofreímos también en la sartén por todas las caras hasta que quede dorada. Pelamos y cortamos la cebolla en dados y la añadimos con el concentrado de tomate. Incorporamos 2 copas de vino tinto y lo dejamos cocer todo hasta que el líquido esté casi evaporado. A continuación, lo metemos todo en la cacerola y lo espolvoreamos con harina. Metemos la cacerola en el horno; al cabo de 4 minutos removemos bien el contenido, añadimos el vino restante y rellenamos con el fondo de ternera. La carne debe quedar cubierta.

2 Pelamos las zanahorias y las cortamos en rodajas; pelamos y machacamos el ajo y lo agregamos a la cacerola con el tomate lavado y el manojo de tomillo. Tapamos la cacerola y dejamos que la carne se haga al menos 3 horas a 160 grados.

3 Lavamos los champiñones, los secamos con un paño de cocina y los doramos en mantequilla; a continuación, pelamos las chalotas, las sofreímos un poco y lo agregamos todo en la cacerola unos 20 minutos antes de que finalice el tiempo de cocción. Poco antes de servir, añadimos la nata y retiramos el manojo de tomillo. Salpimentamos al gusto.

Este plato se acompaña con una *baguette.*

Clafoutis celestial de frambuesa

Ingredientes

2 huevos y 2 yemas
80 g de azúcar
50 g de harina
250 ml de nata montada
50 g de trocitos de almendra
750 g de frambuesas
1 sobre de azúcar avainillado
Azúcar glas para espolvorear

1 Precalentamos el horno a 180 grados. Batimos los huevos en un cuenco, añadimos las yemas y el azúcar y lo mezclamos todo usando las varillas. A continuación, agregamos la harina, la nata montada y los trocitos de almendra.

2 Lavamos las frambuesas, las repartimos en un molde para tartas de porcelana y las espolvoreamos con el azúcar avainillado. Vertemos cuidadosamente la masa encima de las frambuesas.

3 Introducimos el molde en el horno y horneamos unos 45 minutos, hasta que la masa quede firme y empiece a dorarse. Espolvoreamos el azúcar glas y servimos templado.

[Como estos *clafoutis* son tan deliciosos y, de hecho, no es habitual tener moldes tan pequeños para tartas, esta receta está calculada para 4 personas. De todos modos, este postre sublime resulta delicioso incluso al día siguiente].

Menú de especías

El curry picante agudiza los sentidos
y potencia la sensualidad

Sopa de jengibre y zanahorias
con gambas delicadas y cilantro

Curry de albaricoques
con cebollas caramelizadas
y arroz basmati

Mousse de chocolate blanco
con láminas de mango y pistachos

Sopa de jengibre y zanahorias
con gambas delicadas y cilantro

Ingredientes

100 g de gambas
4 chalotas
1 patata grande
6 zanahorias
250 ml de caldo
Tubérculo de jengibre
Cilantro fresco
¹/₂ tarrina de crème fraîche
1 pizca de mantequilla
El zumo de 1 limón
Sal y pimienta blanca

1 Pelamos la patata y las zanahorias y las troceamos. Pelamos las chalotas, las cortamos en dados y las sofreímos en mantequilla hasta que estén transparentes. A continuación, vertemos el caldo ahí y añadimos las patatas y las zanahorias. Cocemos durante 15 minutos más a fuego lento hasta que la verdura quede blanda. Retiramos la cazuela del fuego, reducimos la sopa a puré y salpimentamos.

2 Pelamos el tubérculo de jengibre y lo rallamos con un rallador fino en la sopa hasta obtener el sabor deseado. Lavamos las gambas, las rociamos con limón y las agregamos a la sopa caliente.

3 Añadimos la *crème fraîche.* Decoramos con hojas de cilantro y acompañamos con una *baguette* recién hecha.

Curry de albaricoques
con cebollas caramelizadas
y arroz basmati

Ingredientes

2 filetes de pechuga de pollo
1 cebolla roja
1 manojo de cebolletas
8 albaricoques frescos (o una lata pequeña
de albaricoques en almíbar)
250 ml de caldo
150 g de nata montada
1 cucharada de curry en polvo
Jengibre fresco
1 cucharada colmada de azúcar para caramelizar
125 g de mantequilla
1 guindilla roja

1 Lavamos los filetes de pechuga de pollo, los secamos y los cortamos en tiras. Pelamos la cebolla roja y la troceamos en daditos. Lavamos bien y cortamos las cebolletas en aros. Lavamos los albaricoques, los partimos por la mitad y los deshuesamos. Lavamos la guindilla, la partimos por la mitad, le retiramos las semillas y la cortamos en aros finos.

2 Fundimos la mantequilla en una sartén y añadimos una cucharada colmada de azúcar. Removemos con la cuchara de madera hasta que el azúcar caramelice y se forme un caldo dorado. Añadimos los trozos de carne en la mantequilla caramelizada y los doramos bien. Añadimos el curry y el jengibre recién rallado. A continuación, incorporamos la cebolla y las cebolletas y vertemos el caldo. Cocemos a fuego lento durante unos 5 minutos.

3 Añadimos luego las mitades de los albaricoques y dejamos cocer 5 minutos más. Agregamos finalmente, la nata y condimentamos con sal y pimienta blanca.

Este plato se acompaña con arroz basmati.

Mousse de chocolate blanco
con láminas de mango y pistachos

Ingredientes

50 g de coco rallado
50 g de nata
50 g de chocolate blanco
125 g de queso quark *(40 %)*
2 cl de ron blanco
1 mango maduro
1 cucharada de pistachos picados

1 Vertemos el coco rallado con la nata en una cazuela pequeña, lo llevamos a ebullición y, sin parar de remover, lo cocemos durante 1 minuto; luego retiramos la cazuela del fuego y dejamos enfriar la masa durante 30 minutos. Entretanto, rallamos el chocolate con un rallador fino y lo mezclamos con el queso *quark* en un cuenco.

2 Incorporamos los copos de coco hinchados a la mezcla de queso *quark* con chocolate y añadimos el ron. Dejamos reposar el *mousse* tapado 30 minutos en el frigorífico.

3 Pelamos el mango y lo cortamos en rodajas en torno al hueso. A continuación, colocamos en abanico las rodajas del mango en dos platos. Con una cuchara mojada en agua fría separamos un trozo del *mousse* de chocolate y coco y lo colocamos junto a las rodajas de mango. Espolvoreamos con pistachos picados.

Menú del mar

Un menú veraniego de aire marítimo
para sirenas y lobos de mar

Mousse *de trucha con*
caviar rojo y brioche

Dorada au fenouil *(al hinojo)*
con rúcula y pimienta roja

Tarta Tatin con crème fraîche

Mousse de trucha
con caviar rojo y brioche

Ingredientes

3 bayas de enebro
Aceite de oliva, 1 cucharada de ginebra
1 ½ láminas de gelatina neutra
50 g de rábanos picantes
1 cucharadita de zumo de limón
175 g de filetes de trucha
Sal y pimienta
125 ml de nata montada
1 pepino pequeño
1 lata pequeña de caviar de trucha (o de salmón)
1 cucharada de perifollo
2 brioches (de panadería)

1 Aplastamos las bayas de enebro en un plato y las regamos con ginebra. Dejamos la gelatina en remojo en agua fría. Untamos dos moldes de porcelana con aceite (también se pueden usar tazas). Pelamos y rallamos el rábano picante (o simplemente compramos rábano picante ya rallado) y lo rociamos con un poco de zumo de limón.

2 Trituramos el filete de trucha y el rábano picante y lo pasamos por un colador fino. Retiramos la gelatina del agua, la disolvemos en una cazuela a fuego medio y la añadimos al puré. Finalmente, condimentamos el *mousse* con el enebro regado en ginebra previamente colado y salpimentamos. Montamos la nata y la añadimos. A continuación, rellenamos los moldes con el *mousse* y los dejamos reposar durante 4 horas en el frigorífico.

3 Pelamos el pepino y lo cortamos en rodajas finas; lo salamos un poco y lo rociamos con zumo de limón. Pasamos el caviar por agua fría en el colador y dejamos escurrir. Sacamos los moldes del frigorífico, los sumergimos un instante en agua caliente, soltamos cuidadosamente el *mousse* pasando un cuchillo por los bordes y, finalmente, desmoldamos sobre el plato decorado con las rodajas de pepino. Adornamos con caviar de trucha y perifollo. Este plato se acompaña con *brioches*.

Dorada *au fenouil* (al hinojo) con rúcula y pimienta roja

Ingredientes

1 dorada, cortada en filetes en la pescadería,
con piel, sin escamas
3 dientes de ajo
2 chalotas
500 g de tomates
1 bulbo de hinojo (unos 300 g)
100 g de mantequilla
Sal, pimienta negra recién molida
Aceite de oliva
50 g de rúcula
Pimienta roja (en grano)
50 ml de caldo de pescado preparado
2 cucharadas de zumo de limón

1 Partimos los ajos longitudinalmente y pelamos y cortamos en dados las chalotas. Escaldamos los tomates; luego, les retiramos la piel y los cortamos también en dados. Lavamos el hinojo, le retiramos la parte verde y los tallos y cortamos el bulbo en láminas de medio centímetro. Limpiamos y secamos la dorada; retiramos las espinas que pudiera haber con una pinza y practicamos unas incisiones en la parte de la piel con un cuchillo. Rehogamos las chalotas con la mitad de la mantequilla; añadimos los tomates, salpimentamos y lo cocemos todo durante 15 minutos en el horno precalentado a 200 grados. Después, apagamos el horno y mantenemos la verdura caliente dentro.

2 A continuación, sofreímos el hinojo con el ajo en un poco de aceite de oliva a fuego medio, aproximadamente 3 minutos a cada lado. La sartén no debería estar demasiado caliente para que el ajo no se queme y adquiera un sabor amargo. Salpimentamos y lo guardamos también caliente en el horno dentro de un molde refractario. Salpimentamos los filetes de pescado y los freímos en un poco de aceite de oliva a fuego fuerte por el lado de la piel durante 3 minutos; luego los volteamos y freímos otros 3 minutos.

3 Para terminar, en una cazuela formamos espuma con el resto de la mantequilla y salteamos ligeramente las hojas de rúcula en ella. Incorporamos el caldo de pescado y dejamos que cueza durante 2 minutos; a continuación, salpimentamos. Servimos los tomates en dos platos y colocamos en ellos los filetes de pescado y el hinojo. Regamos con la mantequilla de rúcula y espolvoreamos con granos de pimienta roja.

Tarta Tatin con *crème fraîche*

Ingredientes para una tarta

1 paquete de masa de hojaldre congelada
150 g de mantequilla
125 g de azúcar
1,5 kg de manzanas ácidas
1 tarrina pequeña de crème fraîche

1 En un molde para tartas fundimos 150 g de mantequilla en el horno a 150 grados. A continuación, espolvoreamos el azúcar y dejamos caramelizar ligeramente.

2 Pelamos las manzanas, las cortamos en cuartos y, luego, en láminas longitudinales. En el molde para tartas las apretamos contra la mantequilla caramelizada dibujando un círculo y empezando de fuera hacia dentro. Horneamos a baja temperatura durante una hora. Entretanto, sacamos la masa de hojaldre del paquete, separamos las láminas y dejamos que se descongelen. Cuando termine el tiempo de horneado de las manzanas, sacamos el molde, colocamos la masa de hojaldre sobre las manzanas y apretamos con fuerza contra los bordes. Horneamos otros 20 minutos a 225 grados.

3 A continuación, sacamos el molde para tartas, lo dejamos enfriar un poco y lo volcamos sobre una bandeja grande para pasteles. Se recomienda colocar esta sobre el molde para tartas y luego dar la vuelta a ambas cosas a la vez para que la tarta Tatin vaya a parar a la bandeja de forma segura. De este modo, la tarta tendrá la masa de hojaldre en la base y las manzanas caramelizadas estarán en lo alto, formando una superficie plana.

La tarta Tatin está deliciosa ya sea templada y servida con *crème fraîche,* como fría al día siguiente.

Cesta de amor

Un pícnic romántico al aire libre

Cuisse de poulet au miel
*(Muslos de pularda marinados
en miel de tomillo y ajo)*

*Bolitas de carne de cordero
con perejil y piñones*

*Ensalada de patatas
con cebollas rojas*

Tarta de verano de frutos del bosque

*Una botella de vino tinto,
un rulo de queso de cabra pequeño,
un camembert pequeño,
mantequilla con sal,* baguette

Cuisse de poulet au miel
(Muslos de pularda marinados en miel de tomillo y ajo)

Ingredientes

2 muslos grandes de pularda
1 taza de aceite de oliva
1 manojo de tomillo
2 dientes de ajo
1 guindilla roja
3 cucharadas de miel de tomillo (u otro tipo de miel)
1 limón biológico

1 Limpiamos y secamos los muslos. Preparamos una marinada con el aceite de oliva, las hojas de tomillo, los dientes de ajo machacados, la miel, la guindilla troceada y sin semillas y el limón cortado en rodajas y la salpimentamos.

2 Dejamos macerar los muslos de pularda en la marinada toda la noche en el frigorífico; al día siguiente los horneamos a 220 grados en un molde refractario durante, aproximadamente, media hora. Retiramos la tapa durante el último cuarto de hora para que los muslos queden bien dorados. Los dejamos enfriar y los consumimos fríos.

Bolitas de carne de cordero
con perejil y piñones

Ingredientes

150 g de carne de cordero picada
2 dientes de ajo
½ manojo de perejil
1 huevo
½ taza de pan rallado
½ cucharadita de pimentón picante
Sal, pimienta recién molida
50 g de piñones
Aceite de oliva
1 pizca de mantequilla

1 Ponemos la carne picada en un cuenco. Añadimos los dientes de ajo tras pelarlos y pasarlos por la prensa de ajos. Lavamos el perejil, lo secamos, retiramos las hojas y las picamos con un cuchillo. Doramos un poco los piñones en la mantequilla hasta que empiecen a desprender olor; a continuación, los reservamos.

2 Añadimos el huevo, el pan rallado, el perejil picado y los piñones a la carne picada y lo mezclamos todo con un tenedor. Añadimos el pimentón y sazonamos la masa obtenida con sal y pimienta.

3 Calentamos el aceite de oliva en una sartén. Con la masa de carne picada formamos unas bolitas de unos 2 cm de diámetro, las incorporamos al aceite caliente y las freímos por todas partes entre 2 y 3 minutos.

Ensalada de patatas
con cebollas rojas

Ingredientes

400 g de patatas pequeñas
(patatas tempranas que pueden
usarse con piel)
2 cebollas rojas
1 manojo de cebollino
2 tomates de ensalada
Aceite de oliva
Sal y pimienta

1 Lavamos y cepillamos bien las patatas y las cocemos con la piel hasta que estén en su punto. Luego, dejamos que se enfríen y las partimos por la mitad.

2 Pelamos las cebollas rojas y las cortamos en dados finos. Lavamos y cortamos los tomates en dados; les retiramos el corazón blanco.

3 Echamos en un cuenco una buena cantidad de aceite de oliva; añadimos en él las patatas, las cebollas y los trocitos de tomate y mezclamos. Salpimentamos y, finalmente, lo espolvoreamos todo con el cebollino finamente troceado.

Tarta de verano de frutos del bosque

Ingredientes

250 g de harina
150 g de mantequilla
1 yema de huevo
2 cucharadas de agua
25 g de azúcar

Para la cobertura:

200 g de crème fraîche
4 huevos
75 g de azúcar
2 sobrecillos de azúcar avainillado
1 limón
250 g de distintos frutos del bosque
(arándanos, frambuesas, moras o grosellas)

1 Hacemos un volcán con la harina y en el centro añadimos la yema, el agua y el azúcar. Distribuimos trocitos de mantequilla por la parte exterior del montón de harina. Lo amasamos todo y convertimos la masa en una bola de textura blanda; dejamos reposar 20 minutos en el frigorífico. Para terminar, damos forma a la base en un molde para tartas y horneamos la masa previamente 20 minutos a 200 grados.

2 Batimos la *crème fraîche* con los cuatro huevos, el azúcar y el azúcar avainillado y añadimos el zumo de limón. Tras lavar bien los frutos del bosque, los mezclamos entre sí.

3 Sacamos del horno la tarta previamente horneada y distribuimos sobre ella los frutos del bosque. A continuación, vertemos la crema encima de los frutos del bosque y seguimos horneándolo todo durante 40 minutos más. Para el pícnic, nos podemos llevar toda la tarta en el molde o envolver dos trozos grandes en papel de aluminio.

Bon appétit!

Índice

Un pícnic romántico al aire libre

Este libro se publicó

en el mes de mayo de 2018

megustaleer

Descubre tu próxima lectura

Apúntate y recibirás recomendaciones de lecturas personalizadas.

www.megustaleer.club

megustaleerES

@megustaleer

@megustaleer